子ども　詩のポケット　20

おひさまのパレット

いとう ゆうこ

おひさまのパレット

もくじ

Ⅰ　おとうとをまもりたい

Ⅱ　地球の中に住んでいた

Ⅲ　夢の場所

I

おとうとをまもりたい

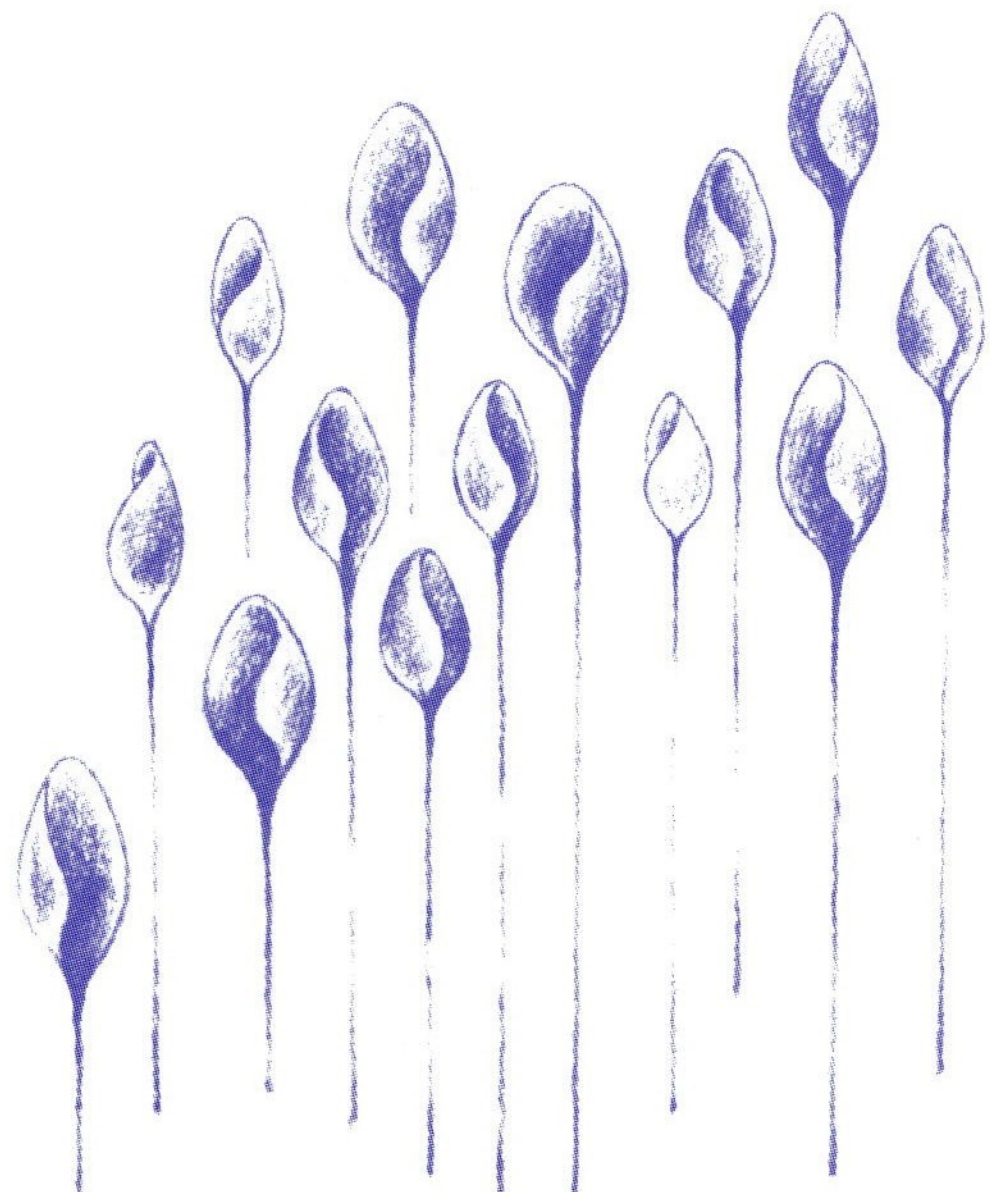

オレンジ色のふるさと

今でもときどきおもいだす
オレンジ色のみずうみに
オレンジ色の舟をうかべて
家《うち》も道路も人も犬も
みんなオレンジ色の町

オレンジ色のポプラ並木が
とおくのほうまでつづいてた

けっして地図にはのってない
だあれもしらないひみつのふるさと

みっつのときのわたしのぬり絵

はっぱとおとうと

あめに
かぜに
ひかりに
さわってよと
はっぱはみどりのてのひらを
ちからいっぱい
さしだしています

おとうとには
そんなはっぱのこえが
きこえるらしいんです

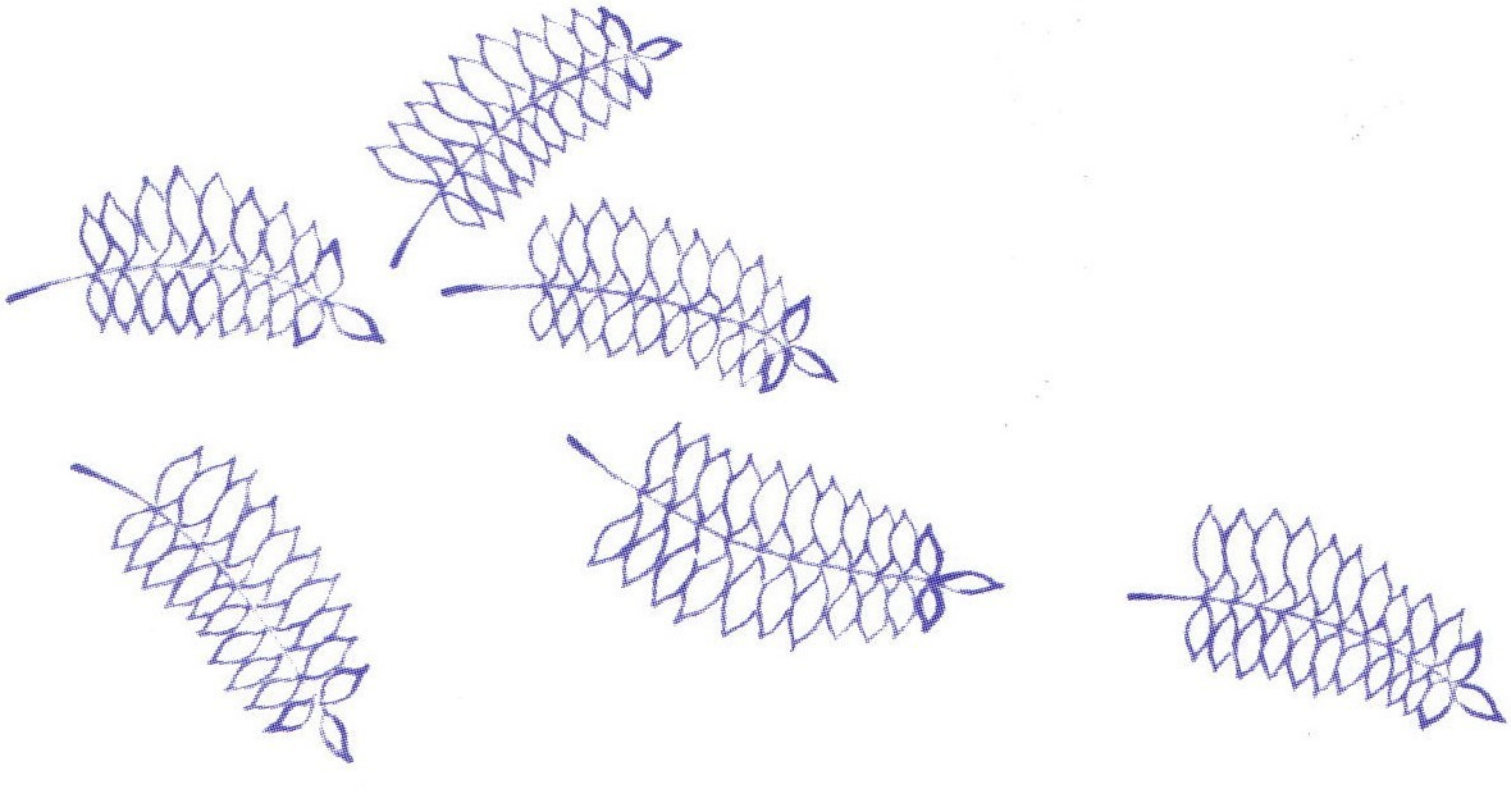

あめでも
かぜでも
ひかりでもないのに
おとうとは
そとにでるとすぐ
はっぱにさわりたがるんです

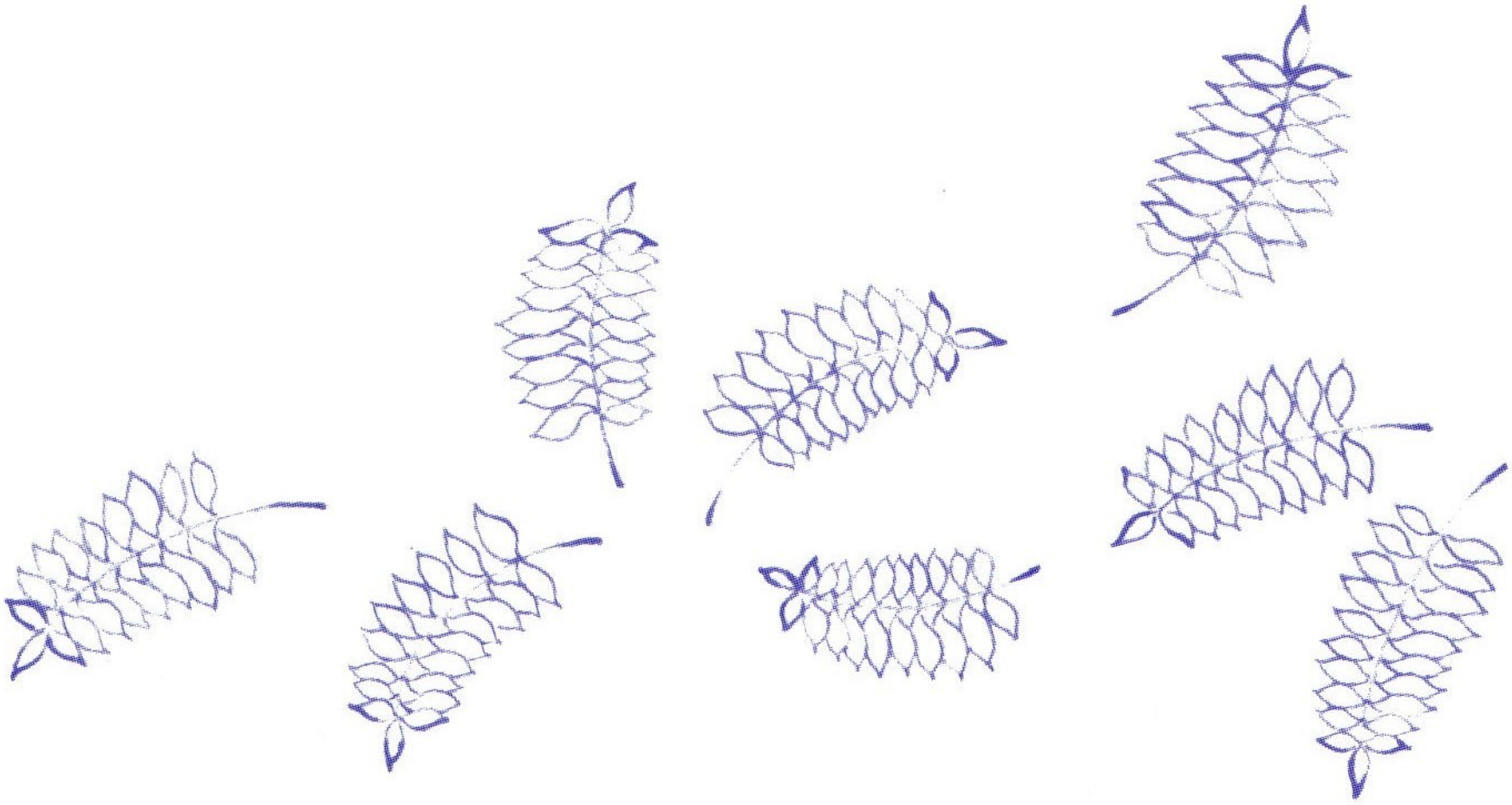

かくれんぼ

おへやのすみっこ
ミシンのにおい

おしいれのなか
おふとんのにおい

まあだだよ　まあだだよ

はしごをのぼって
やねうらのにおい

にわへまわって
ものおきのにおい

まあだだよ　まあだだよ

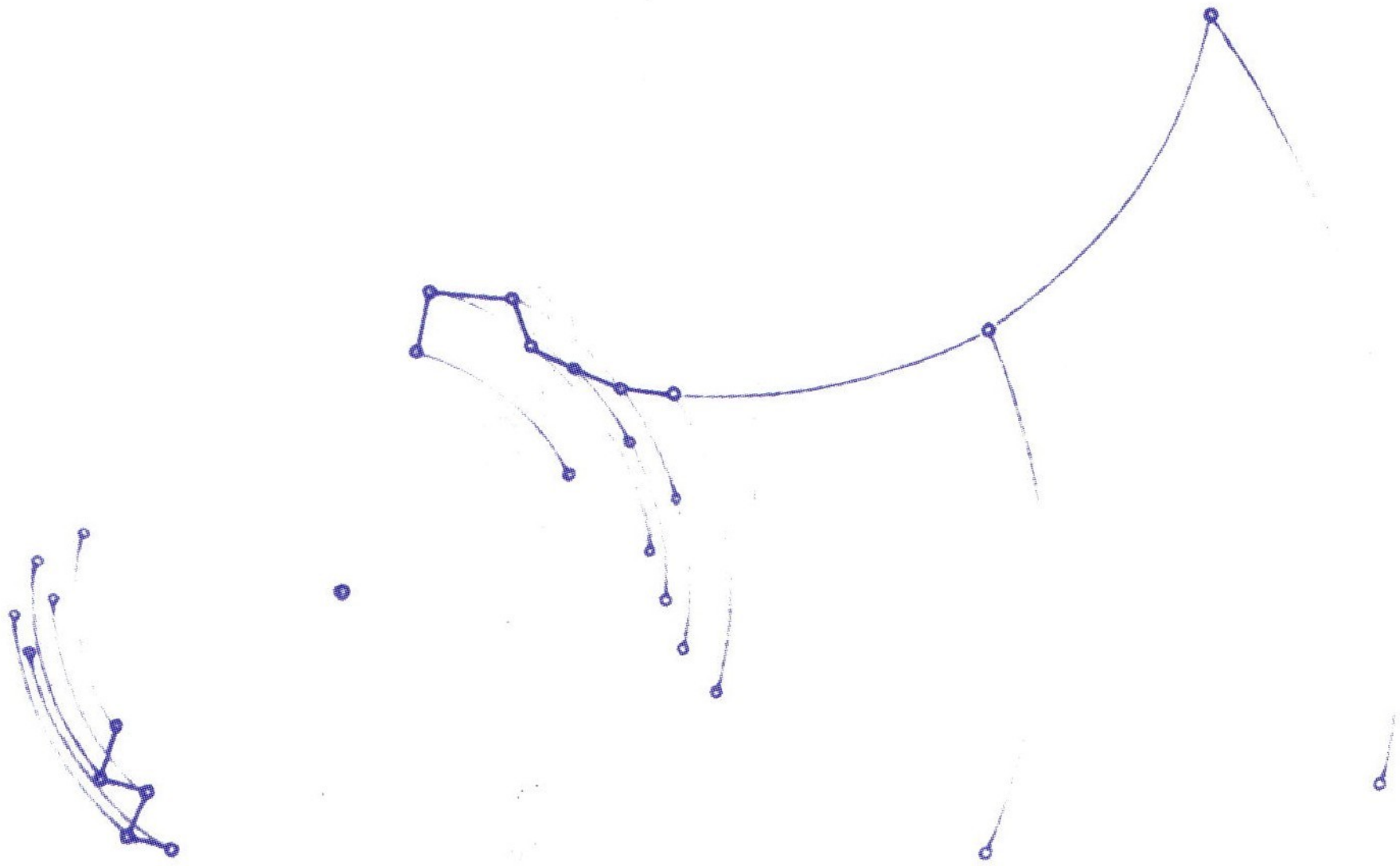

うらにわのしげみ
カンナのにおい
くさにしゃがんで
しそっぱのにおい

もういいよ　もういいよ

まちくたびれて
かかえてる
ひざっこぞうの
かわいたにおい

もういいよ　もういいよ

おひさまのパレット

朝の空を青くぬる
昼間の道路を白くかく
夕方の雲を桃色にそめる

ときどき
わたしの部屋の窓のさんに
オレンジ色の絵の具をつけて
ちょこんといたずら書きもする

おひさまの見えない絵筆

夕方
川のほとりを歩いていたら
見つけたよ

おひさまが
川に絵の具を流すところ
そのパレットを
ゆっくりととじるところ

ぼくがねむる時

まくらの中を電車がとおる
かすかな響《ひび》きがきこえてくる

目をつぶると
ちいさい頃にあそんだ
おもちゃの電車がとおりすぎる

屋根のところにボタンがあって
ドアがあいたりしまったりする
みかん色とみどり色の電車

もうこわれてしまったのに
もういらなくなってしまったのに

今夜もまた
電車はまくらの中をとおって
ぼくを夢の駅へとはこんでゆく

はるのいっとうしょう

ようちえんのうんどうかい
かけっこ
テープをきるときみたい

みどりのりょうてをしっかりあげて
いきをきらしてまっかなおかお

とおいふゆからかけてきたのね
かだんのあかいチューリップ

ばんざい
はるのいっとうしょう

ともだち

おふろにはいって
足のおやゆびをみていたら
とおくへひっこしていった
正太のアタマをおもいだした

でんわをしたら
「ぼくもきのうきみのこと
　おもいだしたよ」
だってさ

あいつはなにをみて
あたしをおもいだしたんだろう
気になる

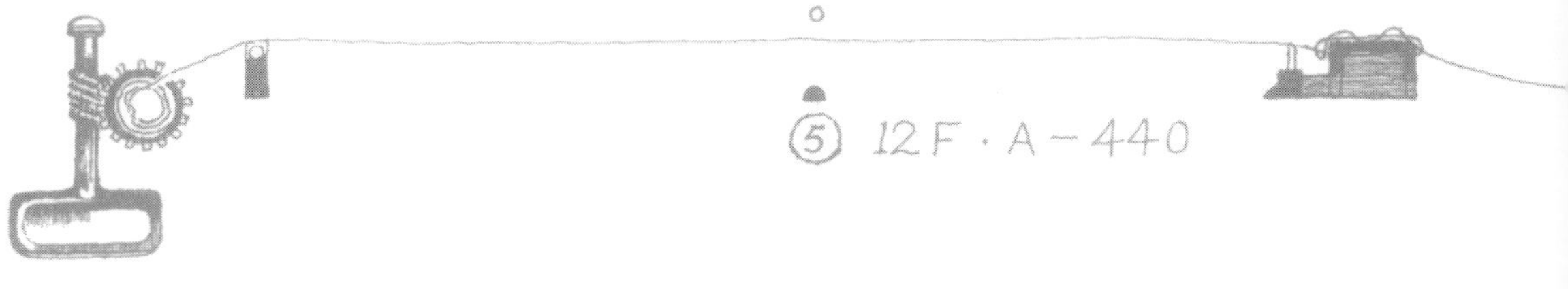

しんぱいしてばかり

あめの日は
わたしはおうちのなかにいて
いろんなことをかんがえる

ありはどうしているかしら
プールみたいなおすなばで
アップアップおぼれてないかしら

こずえもぬれているかしら
木の葉があめにうたれては
いたいよいたいよつめたいよ
枝でふるえてないかしら

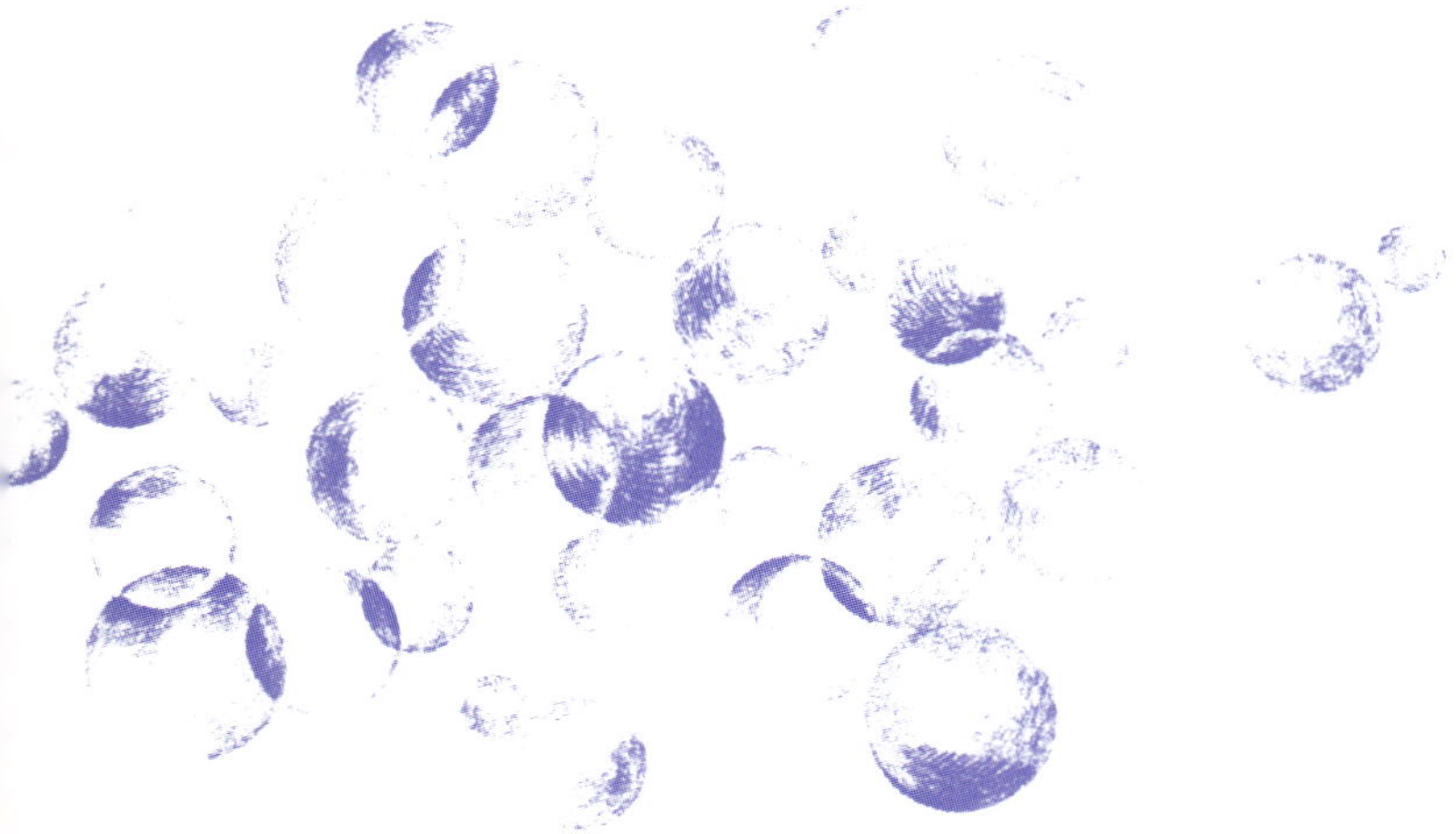

小鳥はどこかののきしたで
あまやどりしてるのかしら
はやく天気にならないと
おるすばんのひなたちが
おなかをすかせてないちゃうよ

あめの日は
わたしはおうちのなかにいて
そしてしんぱいしてばかり

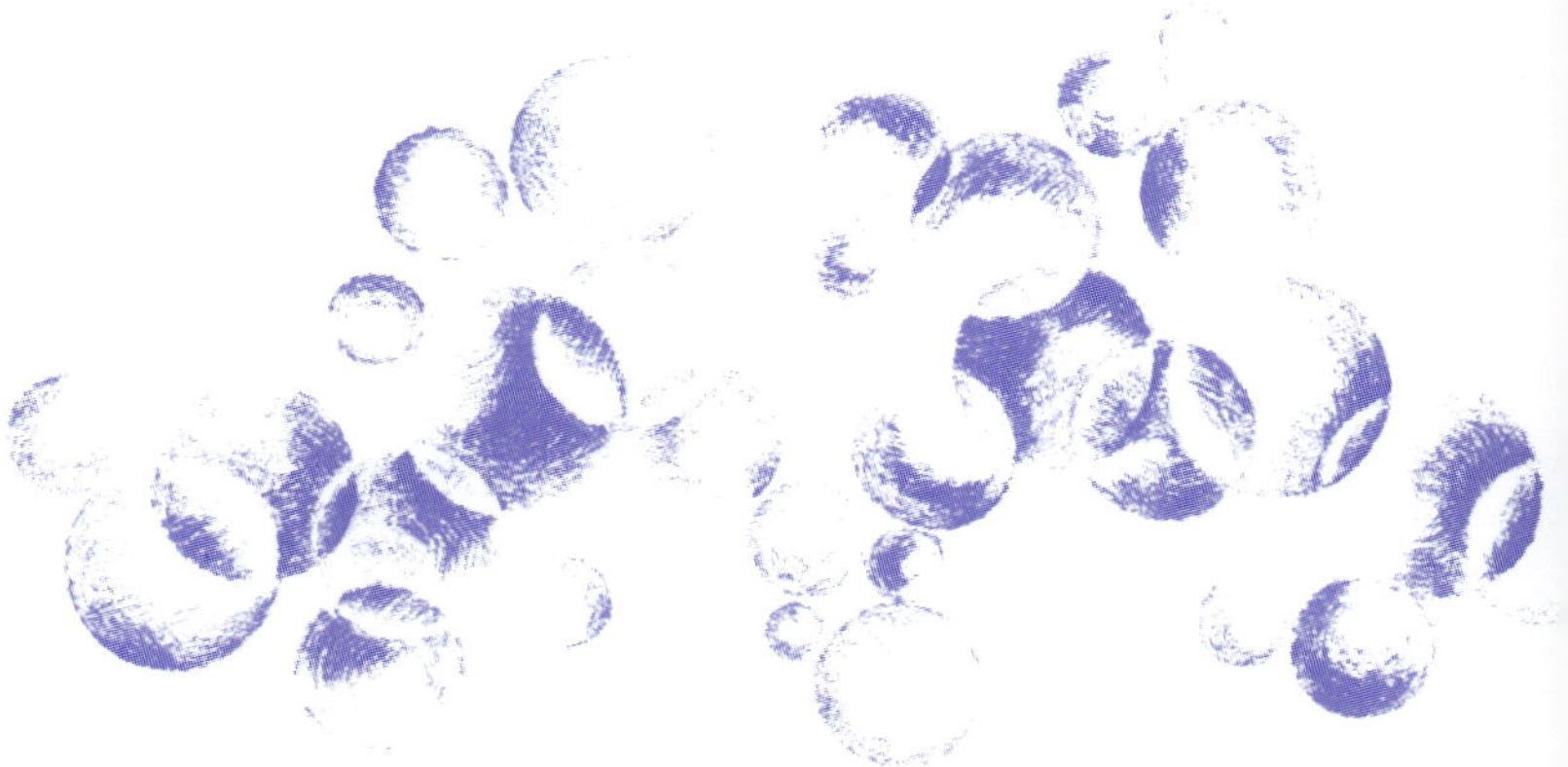

なみだ

ママがごちゃごちゃいってるけど
世界中がしんとしている

テレビはただ
いろんな色の光にみえるだけ

ベランダの花は
アイスクリームみたいにとけて

公園の木は
わかめみたいにゆれる

月がちかづく
どんどんちかづく
わたしはがんばる
でももうだめだ

目をつぶる

月がくだけて
うさぎがとびだす

えがおはみんなおはなです

かきねのところにちらほらと
あかいさざんかさきました

がっこうへゆくさむいあさ
わたしはおもわずほほえんだ

おはなにあいさつしてみたの
おはなはみんなえがおです

さざんかのはなさくみちで
けんかのあとのなかなおり
めとめがあってそのとたん
ふたりいっしょにほほえんだ
おはながみんなえがおなら
えがおもみんなおはなです

さびしいおばけ

おばけを元気にしたくって
ぼくはずいぶん手こずった

道草くってしかられた
自転車かくしてどなられた

なのにおばけはしらんぷり

宿題なんかやってると
たいくつだよとおこりだす

ゲームにガチャポンおまけつき
全財産をうしなった

夜中にもらすあれだって
もとをただせばおばけのせい

ついにおこった父さんが
ぼくのホッペをいきなりピシャン

一発くらったその晩に
おばけはどっかへ消えちゃった

だけど今ではなつかしい
どこでどうしているのやら
電話のひとつもよこさない

おとうとをまもりたい

山椒太夫《さんしょうだゆう》から
安寿《あんじゅ》が厨子王《ずしおう》をまもったように
わたしもおとうとをまもりたい

いじめっこから
ひとさらいから

おばけから
うちゅうじんから
おとうとをまもりたい

はやくねなさいっていう
おとうさんから
きらいなものもたべなさいっていう
おかあさんからも

ピーマンからも
にんじんからも
しいたけやにらからも
おとうとをまもりたいのに

ぜんぶゆめ

だってわたしには
なまいきないもうとしか
いないんだもん

くさがわらった

くさがわらった
ふふっとわらった

かぜがどこかを
くすぐったかな

それとも
くさはみたのかな

おかあさんにしかられて
ないてたさっきの
ぼくのかお

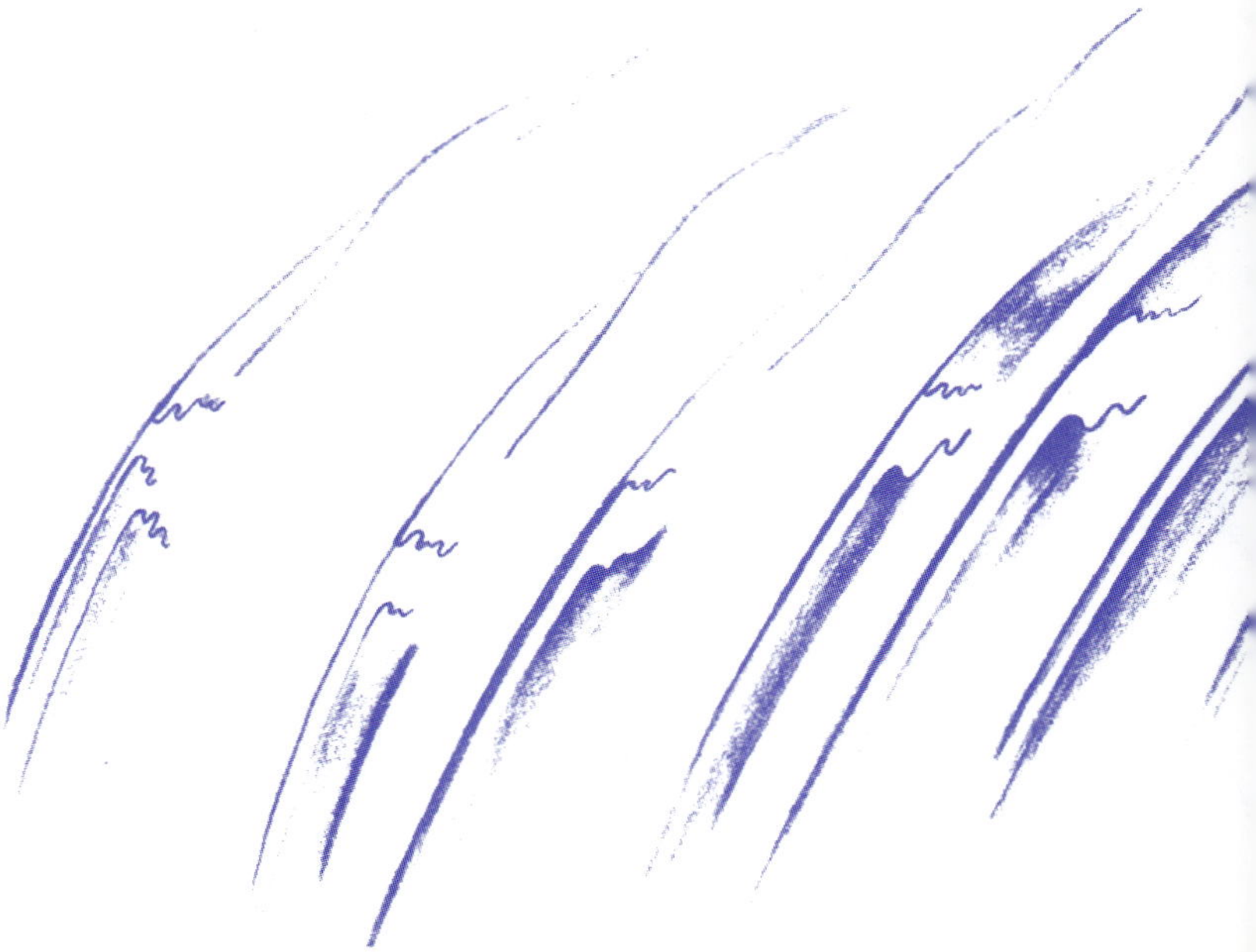

Ⅱ

地球の中に住んでいた

夕ごはんの時

夕ごはんの時には
ごはんをたべる
おかずをたべる
みそしるをのむ

広場にさいていた赤い花をたべる
ゆれる草もたべる

木をたべる
とおくに見えた夏の山をたべる

夕立をたべる
虹《にじ》もたべる

それからおひさまもたべる
雲もたべる

さいごに
青かった今日の空を
ぜんぶのみほす

ひみつ

うちのバラは
さいてから　まだ
ひとこともいわない

あやしい
きっと　ひみつが
あるにちがいない

「はくじょうしなさいよ」って
くきをひっぱったら

とげが
ゆびにささったもの

遠い花園

その花園は
風があたると揺れました
わたしがさわると動きます
おかあさんが歩くと
むこうへ行ってしまいます

ねむいとわたしの寝どこです
こわいとかくしてくれました
わたしが泣くと
花は露にぬれました

いつまでも枯れない
けれど今では
遠い花園

おかあさんのスカートの
あのなつかしい
花模様

お気にいり

いたずらぼうやのお気にいり
おもちゃの地球儀《ちきゅうぎ》
くるくるまわす　くるくるまわす
そこに住んでる小人たち
ケラケラ笑ってよろこんだ

いたずらぼうやのお気にいり
おもちゃの地球儀
ぐるぐるまわす　ぐるぐるまわす
そこに住んでる小人たち
よろよろよろけて目をまわす

いたずらぼうやのお気にいり
おもちゃの地球儀
ぐんぐんまわす　ぐんぐんまわす
そこに住んでる小人たち
こんどはとうとうふりおとされた

博士も社長も大臣も
花屋もパン屋もさかな屋も
おとなも子供もあかちゃんも
みんなばたばた
ばったりこ

月のこと

夜空たかく
かがやくあの月は
ぼくをみてる

昼間も青空のなか
きえそうになりながら
月はそっと
こちらをみてる

ぼくのねむってる時刻にも
きっと
月はみててくれるだろう

だからかな
みんなであそんでいるときも
ふと
月のことが気にかかるのは

地球の中に住んでいた

先生も笑った
友達も笑った
教室中が笑った

わたしはまっ赤になって
うつむいた

だってそう思ってたんだもの
地球の中に住んでいるって
思えなかったんだもの
地球の外がわに住んでるなんて

「空はどうなるのさ」

「太陽はどこにあるわけ？」

「四年にもなっておかしいや！」

象もきりんも小鳥もちょうもみんな
地球の中にいると思ってた
月や星や太陽を
地球の中からながめてた

ビー玉みたいにあおくて
かえるの卵のように
すきとおっていた
あのころのわたしの地球

貘《ばく》のおしっこ

よわそうな河馬《かば》
でぶちんの馬
まるで象のできそこない

動物園ではじめて貘《ばく》をみた時
キャベツの皮ばかしたべて
夢なんて
ちっともたべちゃいなかった

世界一くさそうで
ひまそうな動物

ナンダ　ガッカリダ
檻《おり》の前からはなれようとした
その瞬間
ぼくはみた

天高く弧《こ》をえがいて
金色にかがやく
貘《ばく》のおしっこを

あみもの

むこうにみえる
色とりどりの秋の山は
わたしの祖母があんだのです

くる日もくる日も
あみものばかりしてました

じっとすわってうつむいて
ひとめずつ　ひとめずつ
しくじるとほどいてまた
ひとめずつ　ひとめずつ

赤に茶色に
オレンジに黄色
緑にそして黄土色《おうどいろ》

あの山は
祖母のバスケットにはいっていた
毛糸の色そっくりです

やっとできあがったんですね
あんなにあざやかにひろびろと
季節をいろどるあみものが

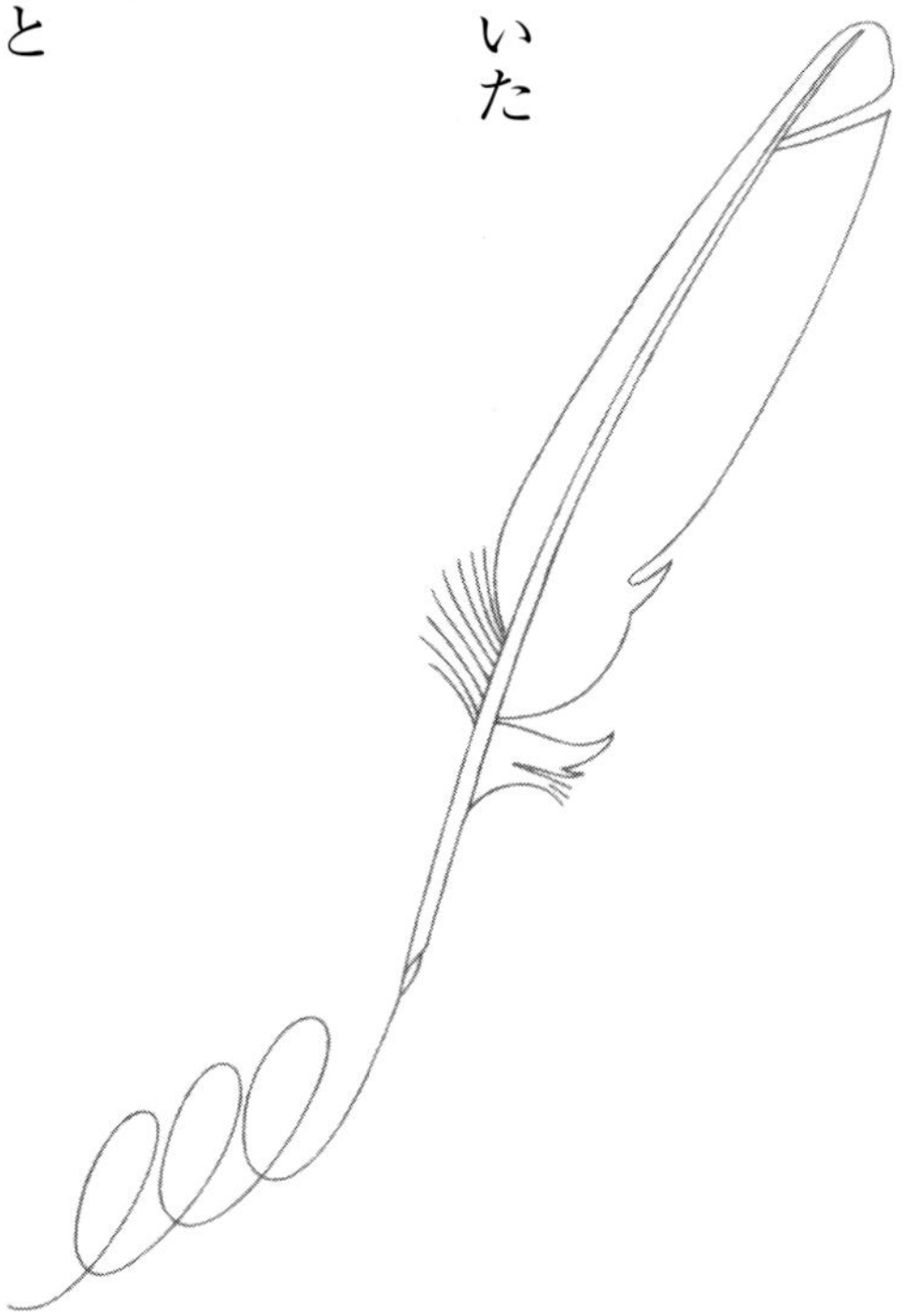

うたう

さいしょ
おばあちゃんが
ないてるのかとおもった
うたっているんだよと
いってたけど
なんのうただか
ぜんぜんわからない

おかあさんに
ぬかみそくさるっていわれても
おとうさんに
ありゃかなわんなって

かおしかめられても
しかたないね

だれもきいていないときでも
おばあちゃんはうたう
じぶんがうたってるって
きがついているのかな
へんてこなうた

夢とどろぼう

あさはやく
おもてにでてはいけないよ
夜中に仕事のすんだどろぼうが
かえっていくのに
でくわすからね
と　おばあちゃんはいう

たしかに　あさ
おもてにでると
さっきまで
だれかがそこにいたようなきがする

わたしもなにかぬすまれたかな？
なくなったのは……
あ　夢だ
夢をおぼえていないもの

あしたのあさ
はやおきをしてみてやろう
夢をたくさんつめこんだ
ふくろをしょったどろぼうの
うしろすがた

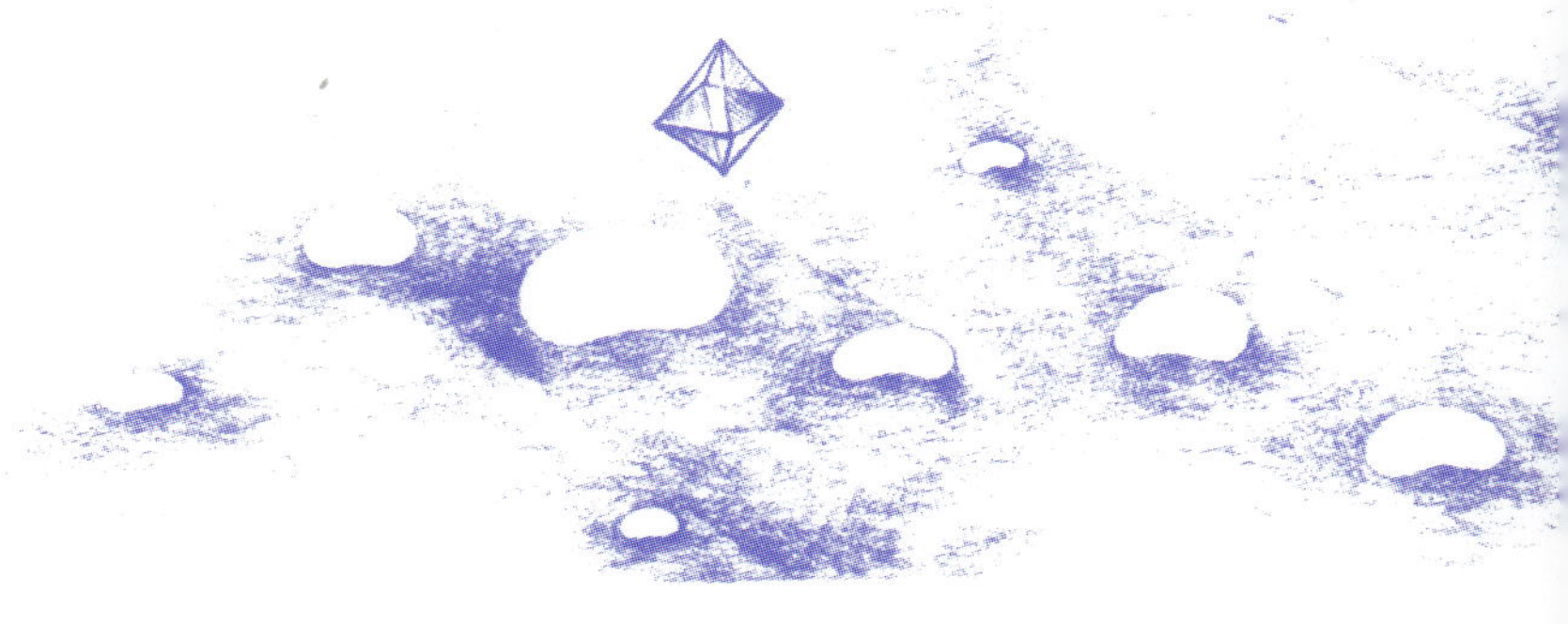

虫だったかもしれない

やぶにらみ
へのじぐち
ぶっちょうづら

ちいさい頃のわたしの写真
――そんな顔ばかりしてたら
およめにゃいけないよ――と
よくおばあちゃんにいわれた顔

まるで虫みたいな顔だ

まじまじみてたら
おもいだした

みの虫みたいに松の枝に
ぶらさがるのがすきだったのを

れんげつつじの花のみつを
ないしょで時々すっていたのも

わたし　ほんとに
虫だったかもしれない

木枯らし

十一月になると
山で鬼がなく

夜どおし
おうおうおうおうおう
ごうごうごうごうごう
なきやまぬので

明け方
町は
ふりつもる鬼のかなしみで
いっぱいになる

Ⅲ　夢の場所

夏の少女

午後の電車
ひときわ
あかるい窓際に
わきあがっては
きえてゆく
笑い

少女たちは
ソーダ水のようだった

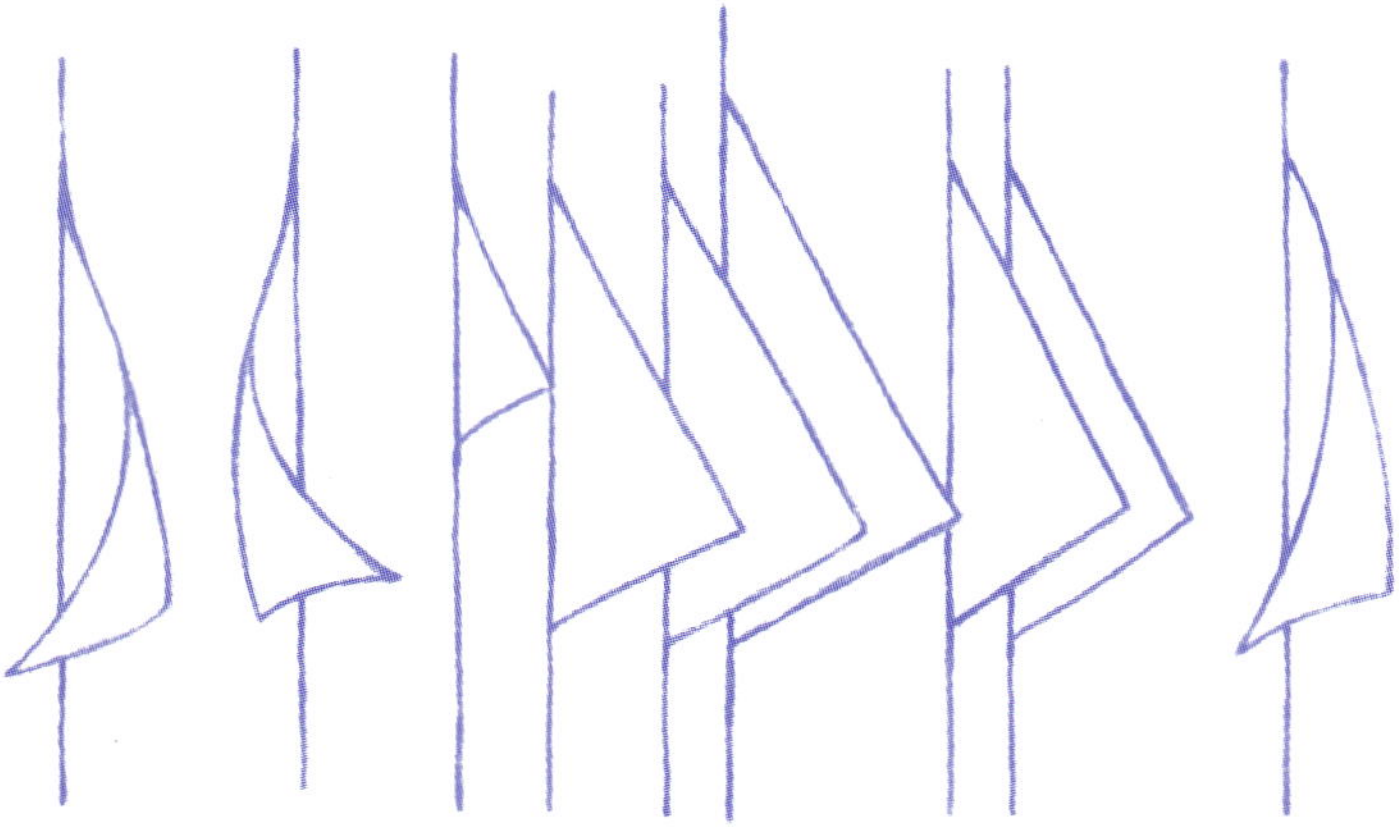

メロンソーダのコップの
底からたちのぼる
泡に似て

かるく　泡だち
はじけ
ただよって
きえる

夢のあかるさをまきちらし
胸の奥にはつんとくる
気泡《あわ》

かつては
わたしにも
ふくまれていた炭酸

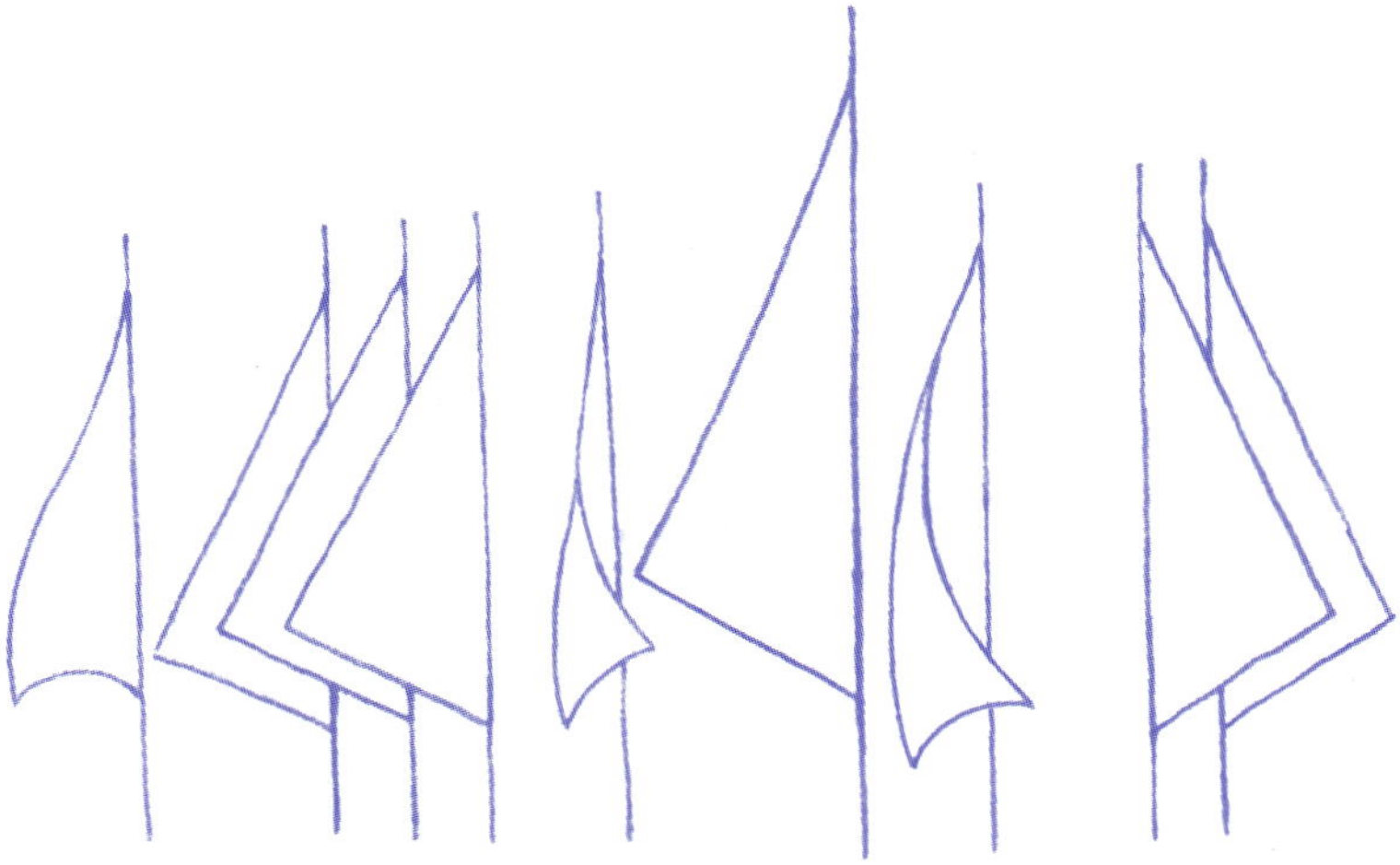

みえない虹《にじ》

夕立の中
とおりかかったアパート

びしょぬれになって
かけこんでいく子どもに
ベランダから母親が声をかける

――おふろがわいてるよ

子どもはトントンと音たてて
階段をのぼっていった

あの子は今ごろ
ハダカンボウで湯気の中

そんなことを思いながら
歩くわたしの背中のあたりに

――おふろがわいてるよ
　おふろがわいてるよ

雨があがっても　ことばは
みえない虹のようにかかっていた

つなわたりの少女

からだの動きでゆれる綱
あんなに細い綱の上で
ほほえむロシアの少女

真顔になって
とんぼ返りをすると
綱が上下にはげしく揺れる

今にも墜落《ついらく》しそうで
幼いわたしは
はらはらしてた

虎の火の輪くぐりも
象の玉乗りも
ぜんぜんおぼえていないのに

つなわたりの少女だけが
記憶の中で
あざやかだ

少女の笑顔も
真っ赤な衣装もなぜか
とても恐ろしかった

ふしぎなのは
渡り終えた記憶のないこと

少女は
今もどこかでつなわたりをつづける
こわばった微笑《ほほえみ》をうかべながら
慎重に　慎重に……

つめたい秋の空気の中で

小高い丘の上にたつ家の
桜の木の葉が風に散るとき

何かが流れたような気がして
わたしはふと首をかしげた

畑のくいのところにとまっている
鳩も

木の葉が音もなく落ちるのを
首をかしげてみつめている

きっと鳩もみたのだろう
流れるものを

つめたい秋の空気の中で
おなじ動作をしたわたしと鳩

鳩がとびたつと
秋がいっそう深まった

絵本

夕方の電車は
家路をいそぐ人でいっぱい
ドアにもたれて
窓の外をながめる

暮れはじめた十一月の空
西の雲が
夕日にもえている

家々がオレンジ色にそまるひととき
街は　幼い頃にみた
絵本の街とそっくり

夕日がしずむ
次のページは
金星と月
木立の上にかかっている

ああ　いまでも
一日の終わりには
だれかがちゃんと
絵本を用意していてくれる

秋の馬

秋の夜は
風の中を一頭の
透明な馬がかけぬける

草も木も音たてて
ついてゆこうと
ざわめくが

わたしも
馬のあとを追って
ゆきたい

あの赤い草むらのように
木立のように

わたしの心の奥にも
こうこうと燃えている
秋のひとむら

風の訪問

故郷の家ですごした
最後の晩
かつて親しかった風がやって来て
雨戸をゆすった

風は
たくさんの思い出の情景を
連れてやって来たので

一夜《ひとよ》
なつかしい幸福に
つつまれた

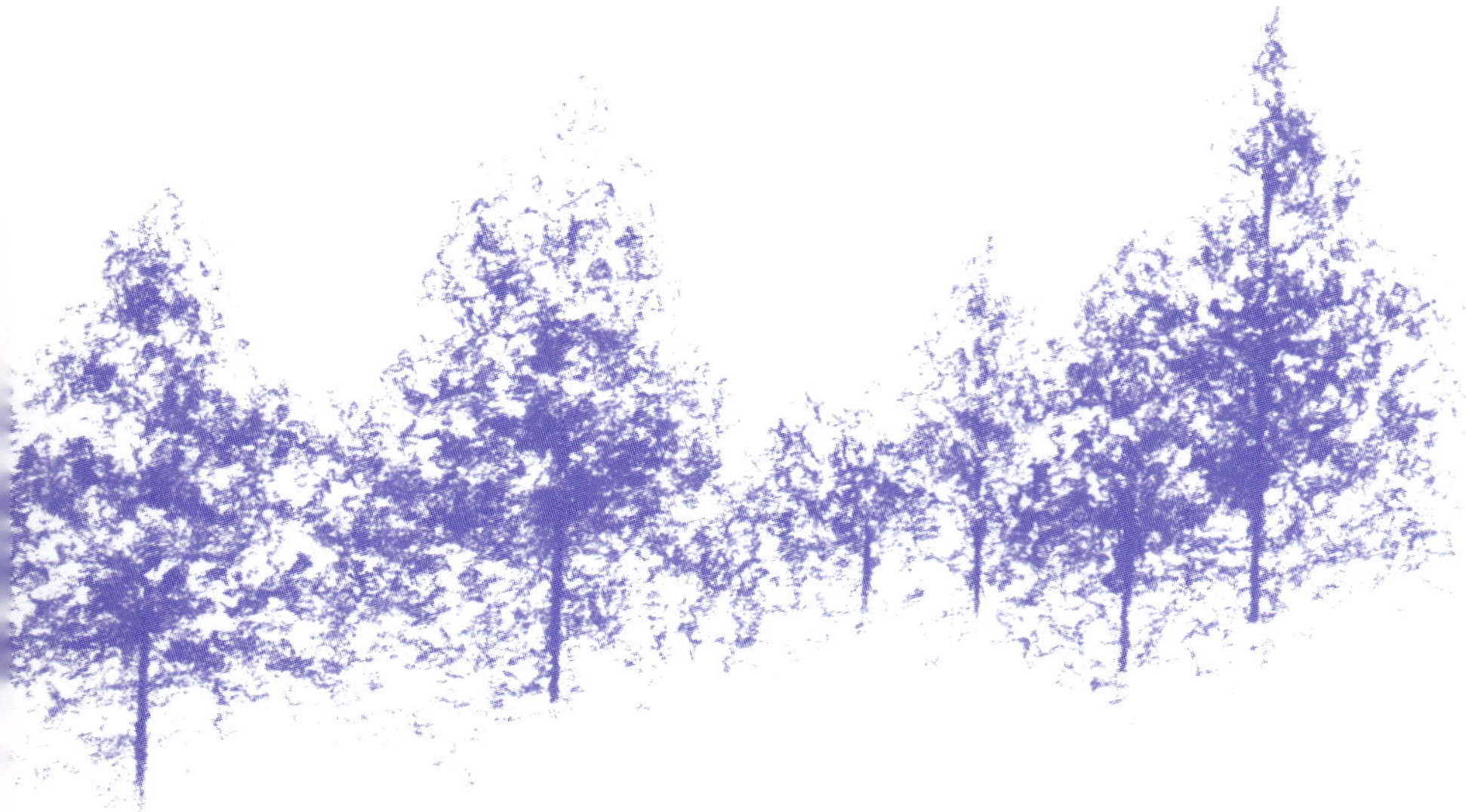

北風なのに
どこか遠いところに咲いている
春の花のにおいも運んでくる

風はあちこち旅して
帰らぬものと思っていたが

こんなふうに人の家を訪ねたり
思い出話をしたりもするらしい
ずっと近くに棲《す》んでいて……

ガラス屋で泣く

一年生になったばかりのこと
雨が降り出したのに
母親が迎えに来てくれなかった

昇降口にぽつんと立っていると
ガラス屋の子が
傘《かさ》をさしかけてくれた

黄色い傘で
家《うち》とは反対の方にある
ガラス屋へ行った

薄暗い店の中に背丈よりも大きなガラスが
いくまいも
重ねてたてかけてあった

「おかあちゃんがむかえにきてくれなかった」
よその母親にうったえる
ことばが泣き声になった

どうやって家まで帰り着いたのか
おぼえていない

ただ
海水の色に似た
ガラスの壁にかこまれて

こちらを見つめていた
あの子の顔と
上がり框《かまち》のところに
膝《ひざ》をついていたその母親の姿

ガラス屋で泣いたその時の光景が
今でも記憶の中に
一枚の絵のようにかかっている

博物館

博物館に陳列してある
土器や土偶をみていて
ふと
ガラスにうつった
顔や樹木や人たちの姿をみると

生きているものはみんな
もえているのだと
わかる

そのあかるさの中で
土のものたちは
ねむっているようだ

だが日が暮れて
博物館のガラスから
顔や樹木や人々の姿がきえうせると

土器や土偶が
ほのかにひかりだす

博物館のガラスが
古代の闇におおわれる時刻

まるでどこか遠い星へでも
不時着したようなよるべなさ
こころもとなさ

そこにいるのは星の王子さま……?

ガラスのむこうには
あどけない顔の
埴輪《はにわ》の少年

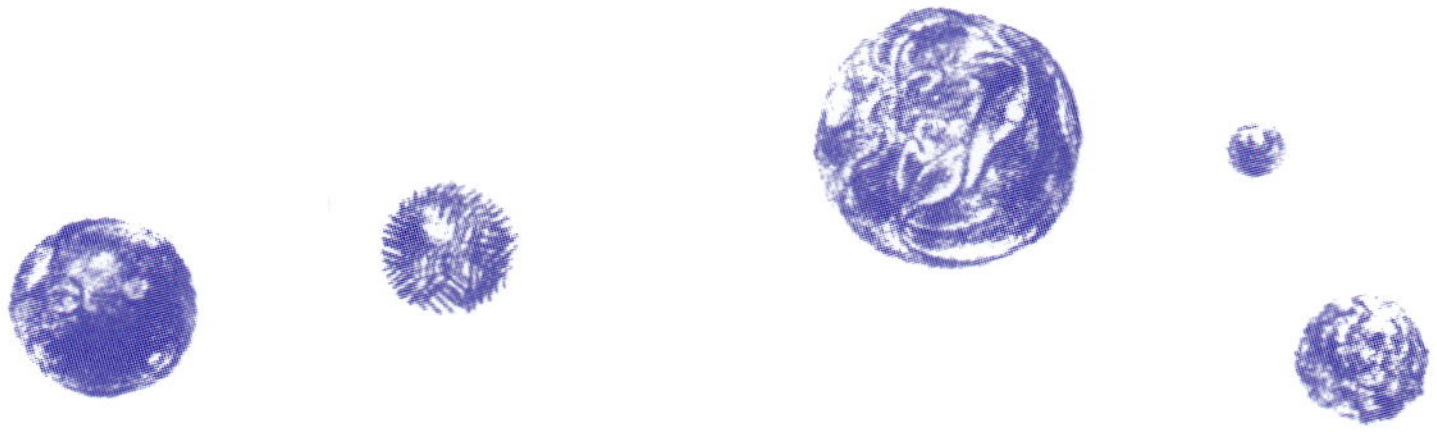

あるく

振り子時計を
まじまじみつめて
――トケイモ　アルイテルンダネ
といった男の子がいた

近くに住んでた
頭のハチの大きな子で　母親に
手をひかれてあるきながら
よくころんでいた

あれから十六年
振り子時計は壊れた

うちの時計はあるけなくなったが
あの子はもうころばず
もうたちどまらず
街を闊歩《かっぽ》しているだろう

——とけいが　あるいてた
なんてことはすっかり
忘れてしまって……

おいしい夕焼け

いちごジャムみたい
ちがうよ　あんずジャムみたいだよ
それより
とけたいちごのソフトクリームみたい
さっきは川にうつって
オレンジジュースみたいだったよ

部活がひけての帰り道
橋の手すりにもたれて少女たち
草に似た汗のにおい

そういえばおいしそうに見えていたっけ
わたしにも

みんな
食べちゃっていいよ
夕焼けを
わたしのぶんまで
えんりょなく

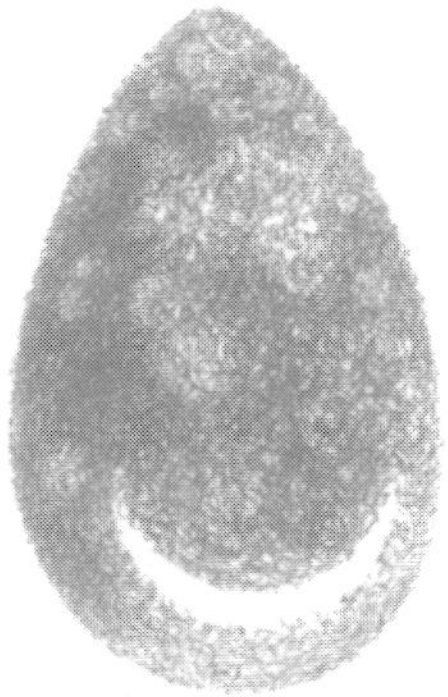

夢の場所

朝　夢からさめてわたしは
ずいぶんとおいところから
今日へとたどりつく

なんてながい道のりだろう

子どものころは
めざめるとすぐそこに
一日はあったのに

遊びの途中でも
でたりはいったり

忘れ物を
とりにもどったり
できたのに

いつのまに
こんなにとおくなってしまったのだろう

今日も一日がおわると
もときた道をとぼとぼと歩いて
わたしはかえる
夢の場所まで

あとがき

長い間、わたしは、詩というものを漠然と愛してきました。詩集や詩論にも親しんできました。一九九二年の秋、今は亡き詩人の重清良吉氏と出会うことによって、少年詩の存在を知り、それまで心の中でもやもやとしていたものに、形を与える手段を得ました。

その後、横浜の児童文学サークル「あしたの会」の方たちと、同人詩誌「かもめ号」を創刊し、詩作品を発表するようになりました。以来、幼年期の窓から射し込むまぶしい光をたよりに、詩を書いてきました。子供たちのためというよりも、自分自身のために書き続けてきた、と言ったほうが正確かもしれません。この詩集に収めた作品の多くは、一九九七年から二〇〇五年にかけて「かもめ号」に発表したものです。

詩と共に歩む――わたしはそれだけで充分だと思っていました。けれども、時が過ぎ、さまざまな事物がちりぢりになってゆくのを、目の当たりにするにつれ、詩を形あるものとしてまとめておきたい、という思いが募ってきました。

二〇〇五年になり、いくつかの偶然と、いくつかの出会いが、この詩集の出版を促しました。その成り行きには、何か神秘的なものすら感じられます。詩は自分のためにのみ書くものではなかったのかもしれないと、今では思うようになりました。

この詩集を刊行するにあたっては、たくさんの方々にお力添えをいただきました。菊永謙氏にはさまざまな場面で、励まされ助けていただきました。菅原史也氏には、魅力的で、楽しい挿画を描いていただきました。また、あたたかく見守って下さった「かもめ号」同人の方々にも感謝しています。

そして、誰よりも多くの謝意を捧げたいのは去る二月二十日に急逝された詩人の水橋晋先生です。詩の本質について多くのことをご教示くださり、詩集を編むことに向けて強く背中を押してくださいました。思えばこの詩集は、昨年四月から始まった、先生との文通の中から生まれたと言っても過言ではありません。最後にお会いした日、駅の雑踏のなかへ消えていった先生の姿が、今も思い出されます。

二〇〇六年七月

いとう　ゆうこ

いとうゆうこ
1954年、横浜市出身。本名　伊東裕子
同人誌「かもめ号」に詩を発表。
現住所　横浜市栄区公田町467-8　レックス本郷台110

菅原史也（すがわら　ふみや）
1972年生まれ。東京造形大学デザイン科卒業。同研究課程修了。
美術家。
『現代少年詩集2000』（銀の鈴社）装画
『STORIES FROM ACROSS THE GLOBE 50 Years of IBBY 2002』
Japan の部 Illustration
滝沢アートフィールド2003出品
詩誌「カヤック」イラスト
さとうなおこ詩集『ねこ　ねこじゃらし』（てらいんく）装幀挿画

子ども　詩のポケット　20
おひさまのパレット　いとうゆうこ詩集

発行日　二〇〇六年十月十日　初版第一刷発行
著者　いとうゆうこ
装挿画　菅原史也
発行者　佐相美佐枝
発行所　株式会社てらいんく
〒二一五-〇〇〇七　川崎市麻生区向原三-一四-七
TEL　〇四四-九五三-一八二八
FAX　〇四四-九五九-一八〇三
振替　〇〇二五〇-〇-八五四七二
印刷所　株式会社シナノ

ISBN4-925108-81-6 C8392